热爱依旧
我的配音随笔

郑希 著

人民邮电出版社
北京

图书在版编目（CIP）数据

热爱依旧：我的配音随笔 / 郑希著. -- 北京：人
民邮电出版社，2023.6
ISBN 978-7-115-61404-9

Ⅰ．①热… Ⅱ．①郑… Ⅲ．①随笔－作品集－中国－
当代 Ⅳ．①I267.1

中国国家版本馆CIP数据核字（2023）第049821号

内 容 提 要

郑希，配音导演、配音演员，为动画《姜子牙》配音后正式进入二次元领域。

配音演员并非只要声线好听，更需要过硬的业务素质、卓越的共情能力、敏锐的生活观察能力。本书是郑希的从业经历回顾，分享了郑希配音心得、个人写真、演唱作品。读者可以一边欣赏精美写真，一边了解配音演员的工作。一切始于热爱，源于坚持，如今郑希依然活跃在影视产业的幕后，被越来越多的爱好者发现并喜爱。

本书适合二次元爱好者、广播剧爱好者、声音作品爱好者、郑希粉丝收藏和阅读。

◆ 著　　　　郑　希
　　责任编辑　魏夏莹
　　责任印制　周昇亮

◆ 人民邮电出版社出版发行　　北京市丰台区成寿寺路 11 号
　　邮编　100164　　电子邮件　315@ptpress.com.cn
　　网址　https://www.ptpress.com.cn
　　北京印匠彩色印刷有限公司印刷

◆ 开本：700×1000　1/16
　　印张：7.5　　　　　　　　　　2023 年 6 月第 1 版
　　字数：192 千字　　　　　　　2023 年 6 月北京第 1 次印刷

定价：108.00 元

读者服务热线：(010)81055296　印装质量热线：(010)81055316
反盗版热线：(010)81055315
广告经营许可证：京东市监广登字 20170147 号

引言

人生难得选择一个自己满意且喜欢的职业，遇到了更是件幸福的事情，很庆幸我遇到了，也选择了。

配音是件让我很开心且幸福的事情，也是我一直喜欢做的事情。在这个过程中，我有过迷茫，有过煎熬，初入行时也被不断否定，遭受过打击，经历过挫折。

热爱可抵岁月漫长，可平山海跌宕。人在一生中不管多么坎坷，总能完成一件事，那就是自己最热爱的那件事。只有坚持那份热爱，努力做好自己喜欢的事情，才不枉当初的选择。

剧作家萧伯纳说："人生真正的欢欣，就在于你自认正在为一个伟大的目标发挥自己；而不是源于独自发光、自私渺小的忧烦躯壳，只知抱怨世界无法带给你快乐。"

工作和生活很难一辈子都是顺风顺水的，我们在很多时候都可能遭遇内在或者外在因素带来的打击。人们常说"一分耕耘，一分收获"，我们给出去的，最后都会回到自己身上，因为这是生命的基本原则。

配音是我热爱的工作，对于我来说，它可以带给我快乐，能够让我懂得如何通过努力和坚持到达我心中的目的地。我承认它很难，然而这个世界上又有哪个工作是容易的呢？有些事情不是因为难以做到，才会逼得我们失去信心，而是从一开始我们就先失去了信心，才显得事情难以做到。

从学习配音到现在，我越来越自信。尽管有的时候我还是会遇到"不适合"或者"不合适"的角色，但已经没有了刚入行面对这种问题时的忐忑，因为我很清楚自己是什么样的人，也知道自己有没有能力去完成这份工作，所以就不会过多地去想别人如果来配音会是什么样的效果，也不会去跟人比较或者计较。我只会想，这个工作交到我的手中，我要做的就是努力完成它，可能最后得到的反响并不好，但这也没有办法，因为很多结果是没办法人为操控的。结果的好坏都有特定的原因，就像每件事发生的时候都有一个缘由，有因必有果。每个人的思想不同，看事情的角度也不同。我改变不了别人的看法，也操控不了事情发展的结局，但我仍要坚持自己的原则。

现代社会大多讲格局，讲究做事看人品，做人看格局。曾国藩在给友人的一副赠联中指出"大处着眼，小处着手"，志存高远是一个人的眼界和心境，脚踏实地是一个人的态度和品性。

我不敢说自己是个格局很大的人，但经历了很多事情之后，我学会了如何看向远方。

配音确实很难，在这个过程中耐心尤为重要。配音也是表演，需要配音演员多听、多看、多练习，同时保持对新鲜事物的好奇心，以及对生活的热爱。"艺术源于生活"这句话不是随便说说而已，一个人在什么情绪下说了什么样的话，或者在什么场景里有了什么样的反应，都源于他从生活中得来的灵感。配音演员只有历经风雨才能够准确地与人物共情，从而准确地塑造角色。

进入不惑之年，我的生活方式和思考方式逐渐发生了改变。刚入行的时候，我年轻气盛，对于很多事情都看不透彻、想不明白，以至于走了很多弯路。如今回过头去看年轻时的自己，我会感谢他的勇敢，感谢他当初坚持自己做的选择，然后一步一步走到了今天。

成长是在不经意间开始的，随之而来的还有源源不断的困难，人成长到某一个阶段就要做一次"断舍离"。年轻时为了追逐梦想选择离开家和父母，美其名曰"开启自己的独立人生"，可真正走在路上时才发现满地荆棘，才恍然大悟：哪有那么多的岁月静好，成人世界里的辛酸和压力需要自己一点一点扛过去。

失之坦然，得之淡然，争其必然，顺其自然。工作与生活带来的压力难免会让人感到阴郁沉闷。当我们发现无法改变处境，也无法改变人生的时候，试着改变心境和人生观吧，面对阳光，就看不到黑暗。

我选择了一项在我看来这辈子都不可能放弃的事业，肯定要付出努力去把它做好。因为平庸和卓越都是由自己来决定的，要不要奋斗归根结底是自己想要做什么样的人，过什么样的人生。奋斗很累，会让人身心俱疲，可如果我认为一项事业是对的、自己喜欢的，我就要为之奋斗，等到有所成就的时候，就感觉不到疲惫，反而很享受。

郑希

2023 年 4 月

目　录

第 1 章　　**声音的**　　选择 /16
　　　　　　职场　　　转变 /21
　　　　　　　　　　　　转型 /26

第 2 章　　**感悟**　　　尊重表演艺术 /34
　　　　　　　　　　　　配音启示录 /47

第 3 章　　**和他人**　　声音和粉丝 /58
　　　　　　　　　　　　朋友的相处之道 /68
　　　　　　　　　　　　团队 /73

第 4 章　　**自我**　　　跨界 /80
　　　　　　　　　　　　身份的焦虑 /85
　　　　　　　　　　　　四十不惑 /92

附录 1　　团队眼中的他 /107
附录 2　　答粉丝问 /114

第一章 | 声音的
职场

选
择

王小波说："人在年轻时候，最头疼的一件事就是决定自己这一生要做什么。"

我在读书的时候就对配音产生了兴趣，所以大学的时候选择学习表演和播音，憧憬着美好的未来。

我生在一个很普通的家庭，家里人包括身边的朋友都没有从事配音相关工作的，也不了解配音。但是我的父母很开明，知道我想要做配音的时候很支持，所以毕业之后我就背起行囊一个人来到北京，开启了"北漂"的生活。

刚到北京的时候，我跟人合租在地下室里，每个月付两百元钱。我住的房间不大，也就十平方米，除了最基本的床、桌椅之外，没有其他家具，一张靠墙的单人床，前面是一张小桌子，上面放着电脑，站在门口基本上能把所有家当收入眼底，可以算得上是蜗居了。差不多一年后，我开始自己租一个地下室单间，但生活条件基本上没有什么改变。那个时候为了省钱，我几乎都是自己买菜做饭，每当到了做饭的时间点，锅碗瓢盆丁零当啷的声音响彻整个地下室的楼道，如果你住过二十世纪八九十年代的筒子楼或者大杂院，基本上就能想象出那种场景，那是极有烟火气的一种生活状态，小小隔间里上演着人生百态。

有过北漂经历的人大多都有一段刻骨铭心的记忆：为了生存，可以放弃对生活质量的追求，苦痛、无奈、辛酸，在那段时间几乎尝遍了。虽然孤独落寞，但还是带着希望奔走，可以说是倔强，也可以说是坚持。后来，随着经济条件有了略微的改善，我便搬出了地下室，租了一个平房，大概住了一年多，又搬到了没有电梯的旧楼房里，每天最常做的运动就是爬楼梯。

其实生活条件艰苦并没有什么，心理上的煎熬才是最痛苦的，尤其是心底的迷茫和无奈。晚上躺在床上时我经常会想很多关于职业和未来的事情，越想心里就越慌，就好像自己置身在迷雾之中，看不清周围的环境，看不到脚下的路通往何方。有的时候，我甚至不知道自己忙忙碌碌地在干些什么，彷徨、踯躅……只是每天感叹着别人的生活，然后回到家叹息自己的处境。

《岛上书店》中有这样一段话："每个人的生命中，都有最艰难的那一年，将人生变得美好而辽阔。"人总是在被迫成长，被生活推着一路向前，白天迎着朝阳踮起脚尖努力去触碰理想，晚上在漫长的夜里思索人生的意义。

刚到北京的时候，对于生活上的艰苦其实我还能够忍受，追求梦想的路上永远不会一帆风顺，也正因为我体验过人生疾苦，所以在往后拿到角色的时候才会从自己的生活经历中寻找共同点，让自己能够准确把握角色的内心。

转变

熟悉我的人都知道，我的第一份工作并不是配音，而是偏前期一点的影视制作。当时我在一家影视公司参与了电视剧《恰同学少年》的制作，正式踏入影视这一行。那个时候，我每天看着配音导演指导配音演员配音，看着他们坐在棚里一遍又一遍地调整，心里非常羡慕，想着自己什么时候也能够坐到里面。虽然那段日子里我没有坐在棚里配音，但我真正接触到了配音的第一线。

我刚从事配音工作的时候也是从录群杂开始，每天中午 12 点进棚，晚上 12 点出棚；每天和配音导演、配音演员们在一起，需要我的时候就进棚配音，不需要我的时候就在棚外听。想象与现实总是有所差别，而且是天差地别。看着别人配得轻松，轮到自己才发现何其艰难，跟自己想象的完全不一样，一开口就暴露出很多问题，包括情绪、重音都有问题。在那一刻我会有些怀疑自己，不是怀疑自己是不是入错了行，而是怀疑自己的基本功是不是没学扎实。

这个过程是枯燥的，但也是很有意义的。因为配音没有太多的技巧可言，只能多看多练，用心领悟老师和导演教授的内容，认真耐心地纠正自己的错误。

　　耐心对于现代人来说越来越难能可贵。面对社会上的各种诱惑，有的时候我们会想怎样才能快速实现目标。我们都知道世上的事大抵不会一蹴而就，一夜成名、一夜暴富的可能性也微乎其微。

　　我曾经在一本书里看到这样一段话："任何事大多无法一蹴而就。每一阶段的抵达，身后都是一步一个脚印的积累。只要不急不躁，耐心努力，保持对新事物、新领域进行探索的好奇心，就是行进在成为更好的自己的路上。"

　　从小我们就听过"揠苗助长"的故事，知道一味求快只会让事情变得更糟。欲速则不达，做任何事都要遵循它的发展规律，或许等待的时间会很长，但稳扎稳打、循序渐进才能够让事情变好。地基打得好，楼层才能稳固，配音亦如此。

转型

2012 年我迎来了职业生涯中的一个转折点，成为配音导演。

相较于配音演员的工作，配音导演的工作会比较多且更烦琐一点。以前做配音演员，基本上就是拿到角色之后做好功课，然后到录音棚录音，录完之后离开，把自己从这个角色里抽离出来，再进入下一个角色当中，过程简单，循环往复。但作为导演需要顾虑的层面有很多。一个项目从进入配音阶段开始到结束，导演的责任和精力是全部放在整个大流程里的。作为导演要有大局观，要熟悉每一个角色，包括他们之间的关系，故事的起承转合等，这样才能更为准确地把握每一个角色，从而指导演员们的表演。同时，导演还要考虑配音演员以及影视剧组演员（一些影视剧演员会自己配音）的情绪，因为有的演员没有太多的经验，配音的时候会比较紧张，这个时候就需要导演来进行疏导，带动演员的情绪。所以从接到工作进行前期准备到配音结束，整个过程中导演都要耗费大量的时间和精力。

我进入广播剧领域的时间算是比较晚的，以前把重心都放在影视方面，如动画、电影、电视剧。每天不是导戏就是配音，工作几乎占据了我大部分时间。

我正式进入广播剧领域是在 2018 年，当时一个朋友推荐我去配广播剧。那个时候我没有什么多余的想法，觉得接到一个工作那就去做呗，况且是自己没有接触过的新领域，总要试着迈出舒适圈挑战一些新事物，我个人也比较喜欢尝试一些自己没有做过的事情，当时是配了《武动乾坤》里面的一个角色。

　　影视剧和广播剧最显著的区别就是一个有画面，一个没有画面。

　　对于影视剧配音来说，因为有画面在，配音演员要去贴合演员的表演，准确地运用恰当的表达方式来完成配音。

　　广播剧则需要配音演员从头到尾用声音去演绎一个角色，人物的情绪变化，包括内心独白，完全靠声音去展现。

这些年我陆续配了很多广播剧，也进一步了解了广播剧的制作过程，现在我也开始参与一些广播剧的制作。

2021 年我又组建了自己的团队，以前单打独斗的时候有很多想做的事情，无奈每天工作已经很忙碌了，没有太多的精力去顾及其他的事情。有了团队之后，之前很多想做的事情也开始逐渐提上日程，包括开发广播剧、动漫等项目。

万事开头难，人的成长总是在不经意间开始的，成长的节点可能出现在工作中，也可能出现在生活中。

成立团队之前，自己在熟悉的领域游刃有余，虽然每天有忙不完的事情，但心里还是会向往一些无法触及的理想境地。思维决定出路，格局决定结局，每个人都有一个看似不可跨越的门槛，把自己局限在这个门槛以内，以至于停滞不前。有时候我们也习惯对自己说"太忙了，时间不够，也没有精力做其他的事"或者"我好像不太行，这件事我从来没有接触过"，有的时候又觉得如果现在不做这件事，可能后面就没机会了，很矛盾，也很纠结。但不管怎样，我们只有越过心里那个看似不可跨越的门槛，才会发现自己的潜力到底有多大。

成长是一种蜕变，转型也是一种蜕变。蜕变的过程很痛苦，但人总要逼自己一把，不经一番寒彻骨，怎得梅花扑鼻香。

第 2 章

感悟

尊重表演艺术

其实做任何事情都不容易，在这个过程中遭遇打击更是难以避免，没有谁可以独善其身、一帆风顺，更多的是通过自己的努力和坚持迈过脚下的坑，穿过泥泞抵达终点。

曾经有人问我，如果当初没有选择配音，现在的我会做什么？我的回答是"不知道"。首先，这份工作是我喜欢做的；其次，我并不觉得这份工作不适合我。每个人都有做选择的权利，选择喜欢的人，选择喜欢做的事。如果你做出了选择，并且选择的是你最热爱的，那余生只需要做好一件事即可，那就是坚持那份热爱，努力做好自己喜欢的事情，如此才不枉当初自己做出的选择。

人的成长就是不停地进行蜕变，我们都在世事磨砺中褪去朴素的童真和未经人事的单纯，我们可能会变得平平无奇，也可能会变得光鲜亮丽，但不管结果是哪一种，脚踏实地地去努力，就一定能抵达自己心中的高度。在这个过程中，我们可能不得不放弃一些东西，比如充足的睡眠、游玩的时间、对家人的陪伴等，但我们始终不能丢掉的就是那份耐心和坚持。

"台上一分钟，台下十年功"放在任何人身上都受用，这句话其实包含着两层意思，字面意思一目了然，而深层次的含义是一个人想要站在舞台上，在台下时就要学会忍受所有的苦和累。与此同时，我们还要培养一颗强大的内心，因为在配音过程中经常遇到"打击"，有的来自外界，有的来自内在。外界的"打击"更多的是配的角色不被认可，内在的"打击"更多的是对角色的"适配度"不足。

　　我曾经遇到过很多"适配度"不是很高的角色。遇到一个类型与自己完全不同或者完全相反的角色，其实对于配音演员来说是非常有挑战性的。不光是我，很多配音演员都会遇到这种情况。

　　作为配音演员，在接到新角色的时候要对其进行了解，如他的过去是什么样的，他的结局如何，但我们在认识新角色的过程中难免会想自己适不适合为其配音。

　　每次接受采访的时候，我都会被问到想要配什么样的角色，或者遇到"不合适"的角色时怎么办。不同人物都有专属于他的个性和表现方式，不过配的"好人"多了，我确实想尝试一下配"反派"，觉得自己也比较适合配这类角色。至于遇到"不合适"的角色时该怎么办，这个问题没有绝对正确的答案。以前我遇到这种情况时，更多的是看配音导演的要求，有的导演会鼓励演员，然后跟演员沟通如何调整状态，再来一遍；有的导演经过深思熟虑，可能会直接将演员换掉。

我自己就遇到过很多这种情况，2022 年初我接到广播剧《伪装者》的角色配音邀请，这是一部非常有影响力的 IP 作品，而且已经有珠玉在前，我虽然期待，但是也有压力。

　　能够接触到这个作品算是一个巧合吧，我也非常幸运地参与了这部作品的制作。在《伪装者》广播剧里，我除了配音之外，还是配音导演之一，也是出品方之一，这部广播剧算是我在配音职业中参与程度最高的一部，当然也是让我压力最大的一部。

　　项目启动之初，选择演员没有花费太多的时间，我跟版权方、平台还有另外一个配音导演开了几次会之后，基本就确定了几个主要的配音演员。然后我就开始等待剧本，联系演员，跟版权方和编剧、策划人员、导演开会聊剧本，确定项目推进计划表等。前期筹备工作顺利完成，然而在录制过程中出现了问题。

　　进棚的第一天我配了两集，虽然监制、导演都表示没问题，但我感觉这个角色不太适合自己，所以在配完两集后我提出了换人的诉求。

我觉得人物创作最看重的是合不合适，这个角色不适合我，我不如主动放手将其交给合适的人去配——既然不契合，又何必毁了这个角色？于是我就跟大家沟通能不能把我换掉，当时除了另外一个配音导演认同我的想法之外，剧组的其他人都投了反对票，包括我的团队工作人员也不赞同换人。在换与不换这个问题上，我们争论了很久。

　　我和配音导演的观点是如果觉得不合适就不要勉强，为了保戏总要做出取舍。但剧组其他人包括我的团队工作人员却表现得比较犹豫，可能他们考虑的不只是演员合不合适的问题，还顾虑到其他各个方面，所以不太支持换人。我能够理解他们的顾虑，但还是过不了自己这关。大家讨论来讨论去也拿不定主意，最后没办法，我的团队的工作人员提议不如听听原作者的意见，于是我拨通了张勇老师的电话，在电话里我们交流了很多关于角色的理解，最终我调整了表演方式，推翻之前的版本重新录制。

　　虽然最后我没有被替换，但这也让我明白了一个道理：追求完美没有错，但有时候也需要从多方面考虑问题。季羡林曾说，每个人都争取一个完美的人生，然而自古及今，海内海外，一个百分之百完美的人生是没有的。配音也是这样，不是说我没有被换掉，我就一定是最合适的。

我依然坚持"为合适的角色找合适的演员"这个观点，只不过我们要知道完美和瑕疵是并存关系，塑造角色时没有百分之百完美的演绎，最重要的是有没有用心演绎这个角色。因为瑕不掩瑜，用心演绎的角色，即使存在瑕疵也掩盖不了它光彩的部分。

　　艺术是没有标准答案的，但它肯定有一个大方向和基调。每个人对于角色的理解不一样，看事情的角度也不一样。每一次拿到剧本的时候，我都会问一句："我配的这个角色是什么性格？"从此刻开始我要遗忘自己，从根本上改变自己的性格和说话方式，重新树立一个新的自己，甚至一种新的价值观。

　　只是知道角色的性格还不够，还要知道他从哪里来，要到哪里去。一个故事里，角色不会无缘无故地出场，也不会不了了之地离场，他生在何时、何地，在什么环境里成长，关乎他的内心和教养。

　　配音不仅仅是念台词，也是表演。一个人在什么情绪下说了什么样的话，或者在什么场景里做了什么样的反应，都源于他从生活中得来的灵感。所以我们常说人生经历是最好的老师，配音演员只有历经风雨才能够准确地与人物共情，从而准确地塑造角色。

　　正如《尊重表演艺术》提及表演时所说的，形式化的由外向里（表现主义）的演法，有一种追随潮流的倾向；由里向外（直觉主义）的演法则排斥潮流，和人类的经验一样不受时间限制。

配音启示录

从正式进入录音棚至今，我在电影、电视剧和广播剧中配了很多角色，大的、小的、有名字的、没名字的……要说配音工作给我带来了什么，可能更多的是让我体验了不同的人生，突破了自己的风格，积累了更多的配音经验。另外，它教会了我如何为人处世，怎么样欣赏好的东西，遇到好的东西时如何接纳它、欣赏它，遇到不好的东西时如何改变它，让它变成好的，并帮我树立了正确的价值观和审美观。

无论配音演员还是配音导演，都要懂得如何提升自己的审美水平，艺术审美是一种专业能力，也是专业素养，而提升审美水平是个漫长的过程，它需要我们顿悟和共鸣。音乐、戏剧、绘画、舞蹈等艺术形式都能够用来提升我们的审美水平。欣赏艺术是件简单的事情，但是真正懂得欣赏却很难。我们经常在看完一部戏剧或者一幅画作之后对它评头论足一番，评价它的好与不好，可是又发现自己说不出太多，如具体好在哪里，不好在哪里。真正的欣赏需要我们走进作品里面不断思考，就像席勒曾指出美对我们而言是一种对象，因为思索是我们感受到美的条件。

　　在我的职业生涯中，有三位导演对我的帮助非常大，一个是罗曼·波兰斯基，一个是昆汀·塔伦蒂诺，另外一个就是马丁·斯科塞斯。

　　罗曼·波兰斯基是老一辈的导演，他将现实和艺术结合得非常完美，善于在有限的空间和时间里制作出富有生命力的作品，擅长挖掘人性深处的阴暗面。而在昆汀·塔伦蒂诺的作品中，风格化的暴力场面无处不在，他善于用极端的手法表现黑色幽默。马丁·斯

科塞斯以个人情怀和民族情感为观众打造了一个引人注目的道德黑帮世界，用电影冷静地剖析着社会和人类的种种顽症。这三位导演的作品给了我很多启发，也让我能够从另一个角度去剖析角色的内心，然后加入自己对角色的理解。

其实提升自己的审美水平有很多途径，如今网络的迅速发展也为我们提供了很多便利的学习条件。学习的机会有很多，主要是看自己怎么去学习。

经常有人问我配音有什么技巧。说实话，回答这个问题很难用一句话或者几句话讲清楚。配音是一门语言艺术，是一项创造性的工作。而语言艺术是表演艺术中重要的一部分，用语言塑造人物需有扎实的表演基本功。不同类型的作品，不同性格的人物，对于配音的要求也不尽相同。

除此之外，配音也让我变得越来越自信。这倒不是说配音前我有多不自信，而是在接触了配音之后，我更加笃信选择这份职业是正确的。

每个行业都有竞争，每个人手里都攥着一张入场券，进不进场由自己决定，既然我选择了进场，就要努力做到最好，不能因为一时的松懈让自己被淘汰出局。

理由很简单，因为配音是件让我开心且幸福的事情，我喜欢并且热爱配音，所以我不想放弃。大家的起点是一样的，同样的一群人在同一时刻向前走，我要做的是把每一步走稳，力求走得长远。

第 3 章

和
他
人

声音和粉丝

我一直觉得自己的声音不属于很好听的那一种，这么说估计又会被粉丝们说我在"凡尔赛"了。其实声音比我好听的配音演员有很多，我可能只是语感或者说话方式受到一些人的喜欢。

　　在我配过的角色里，有沉稳睿智的，也有诙谐搞笑的，对其声音的体现肯定要有很大差别。我个人比较喜欢配带有喜剧色彩的角色，或者和我本身性格比较接近的角色。比如《隋唐英雄3》里面的程铁牛，就是个非常风趣且带有一点喜感的角色。前段时间我在配广播剧时也遇到一个非常有趣的角色，他是个话痨，内心活动也比较丰富。塑造这类角色时我就需要放开一些，完全把自己不会在外人面前表现的一面展现出来，也不用刻意追求声音好听，使其符合角色的性格特点就可以了。

正如前面我所说的，配音是表演，我们通过声音把角色塑造出来，不一样的角色因为成长经历和性格不同，所以演绎他们的方式也不一样，所用的声音肯定会有所差别。

我很想尝试配不同类型的角色，比如反派，可惜这个愿望到现在都没能实现。

　　关于我的声音没有什么过多可说的，不如说一说喜欢我声音的粉丝——"希铁石"们。

　　我不太记得是从什么时候开始被大家关注的，以前的我都是在幕后，也不参加线下互动，连接受的采访都很少，后来慢慢地发现我的微博的粉丝数量在增长。

　　说到受欢迎这个话题，我要先感谢那些一直支持我的"希铁石"们，他们很乖，也很理性，我很感谢他们的支持。我只是一个普通的配音演员，并没有为这群素不相识的人做些什么，却得到他们的喜欢，真的很感谢他们！

因为广播剧的关系，我开始出席一些线下活动，慢慢从幕后站到了台前。我第一次参加线下活动应该是在 2020 年的劳动节，那个时候什么也不懂。参加过前几次线下活动的朋友会发现站在舞台上的我显得比较拘谨，话也比较少。随后我差不多每年都会陆续出席一些活动，刚开始的时候大多都是跟随剧组出席活动，后来开始有了个人见面会，活动形式也多了起来。

　　说到个人见面会，不得不提一下 2022 年元旦期间我以工作室的名义组织的一场新年专场个人见面会。这场见面会是临时决定举办的，当时我已经接到参加漫展活动的邀请，在跟团队的工作人员沟通时，突然想到再加办一场活动，但是考虑到不能影响自己参加漫展活动，又考虑到人数限制问题，最终只能邀请 100 人免费参加。

　　这是我第一次以自己工作室的名义主办的活动，除了邀请粉丝之外，也邀请了我的一些很好的朋友，大家坐在一起聊聊天，时间可以自己掌控。虽然四个小时对于我这个"老年人"来说有些吃力，但是我很开心，整场活动的气氛也很自由、舒服。

我把和粉丝之间的关系定义为朋友，虽然不常见面，但是在网上能够像"笔友"一样通过文字来感知对方的欢喜，互相鼓励，给对方带来能量，让彼此向着正能量的方向发展，变得更乐观。尤其是"希铁石"们对我表达的喜爱，带给了我力量，让我能坚持在这个行业继续释放我那一点点小小的光芒，用我的声音和作品给伙伴们带来一些好的内容，并能坦然面对和接受人生的喜怒哀乐。

　　有粉丝留言希望我配到 80 岁，我也曾在之前的视频里说过自己不会退休。但其实对配音到什么时候，我还真的没有认真想过，只要我还能配，又有适合我的角色，我就会一直坚持下去，等真的到了心有余而力不足的时候，再想退休的事情。

Off-White™ for NIKE
"AIR JORDAN 1"
Beaverton, Oregon USA
c. 1985

朋友的相处之道

除了"希铁石"们，我的生活中还有一群志同道合的朋友，他们有的刚认识没多久，有的已经交往十余年。

　　《孟子》有云："人之相识，贵在相知；人之相知，贵在知心。"人与人之间的交往，互相了解是最重要的，朋友不一定是越多越好，你接触的人越多，就越会发现能够从普通朋友变成知心朋友的永远是互相支持、互相尊重的那些人，所以锦上添花再好也不如雪中送炭值得珍惜。

　　如今，那些雪中送炭的朋友已经成了我的"最佳损友"，闲暇时光大家约在一起出游或者吃饭聊天，已经成了生活里不可或缺的一部分。每次跟他们相处的时候，我整个人都非常放松，不用担心自己说错话，也不用顾忌对方会不会因为一句无心之言而难过，大家彼此心照不宣，无话不谈。

　　志合者不以山海为远，道乖者不以咫尺为近。俗话说多个朋友多条路，但不是朋友越多路就越宽，相反，有的时候有些朋友会成为你人生路上的绊脚石。

现代社会中，人们要学会"断舍离"，这不仅仅体现在整理物品和自我内心上，还体现在整理人际关系上。有缘千里来相会，无缘对面不相逢，真正在乎你的人，无论发生什么事都会自然而然地留下。

　　不久前我曾在一本书中看到这样一句话："我们以自己能做什么来衡量自己，而别人是以我们做了什么来评断我们。"我觉得这句话适用于很多地方，任何人做任何事几乎都是以自己的能力来衡量是否可行的，但这个行为导致的结果却不可估算。比如交友，我用自己的标准来选择和谁做朋友，可是别人不会用我的标准来决定我交友的目的。再比如，我选择用我的专业能力和标准来配角色，但配完之后听众不会用我的标准来评价这个角色的好坏。每个人的能力和标准不同，我们也无法控制所有人对于事物的看法以及事情的结果，我们能做的只有坚持自己的原则，完成能力范围内自己觉得正确的事。

团队

终于到了可以说一说团队的时候。

其实在很早之前我就有成立团队的想法，可惜一直没有找到合适的时机和人选，直到 2021 年 7 月才终于完成这项任务。

工作室成立后，很多事情也开始慢慢步入正轨，之前一直想做的事情也开始提上日程，同时我也收到很多关于会不会开设培训课程的问题。其实开设培训课程这件事，我在很久以前确实动过心思，身边的朋友也很支持我这么做，但我经过深思熟虑之后还是选择放弃这个念头。原因有很多，毕竟这不是件容易的事情。从我自身来说，平时我的时间都已经安排得满满当当，人家满怀期待地来学习，我不能白白浪费了人家的时间。既然我精力有限，何必要强行让自己去做这件事。没有好的规划就贸然行动，最后肯定是事倍功半，还有可能误人子弟。

对于工作，我一直保持着平常心去面对，我经常跟工作室的工作人员说顺其自然，有道是命里有时终须有，命里无时莫强求。近几年来找我配音的广播剧越来越多，每次接到项目邀请我都会问身边的工作人员："为什么会想到找我来配？"他们就很不可思议地看着我，然后解释为什么。大部分的时候我都是听从工作人员的建议去接戏，他们会先对项目进行第一次评估，然后把觉得合适的本子拿给我，告诉我这个角色是我之前没有配过的，要不要试一试，或者直接告诉我，这个角色很适合我，接了吧。然后我把剧本看一看，觉得可以就接了，如果我看完剧本之后发现自己不适合也会说出来，并给剧组推荐一个合适的人选。

我不喜欢在工作上敷衍别人，做一件事行就是行，不行就是不行。工作讲究的是态度，态度端正了，再难的事情也会变得容易。态度决定了我们看世界的眼光，也决定了我们用什么样的心态来面对要做的事。

从团队建立到现在已经一年多了，其间我和团队经历了很多事情，有好的也有不好的，比如一起被质疑、被"嫌弃"。无论我个人还是工作室，有一段时间经常在网上看到很多不太好的评论，也收到了很多不太好的私信。不管怎样，最难熬的那段时间已经过去，现在的我们很好。还是那句话，我做不到百分百地被所有人喜欢，但我会尽力做好我自己。

我很珍惜身边这些朋友与合作伙伴，也很感谢他们对我的包容和支持。知己难觅，知音难求。茫茫人海里，迎面走过来的人有很多，真正愿意为了你停留下来的人很少。

很开心，我遇到了他们。

跨界

去年年初我有幸参加了《爱乐之都》的录制，这是一档关于音乐剧的综艺节目。当初接到节目组邀请的时候我很诧异，有些不太敢相信，我跟身边的工作人员确认了很多遍：确定是我吗？他们非常淡定地说："没错，是你。"

　　我很少参加综艺节目，这是唯一一次全程参与的，之前的两次只是作为其中某个环节的嘉宾。

　　记得当时工作人员告诉我这个消息之后，我就跟节目组进行了一次网上连线，跟总导演见了一面，当时听完总导演的介绍之后还念了两段文字，然后于 2022 年 1 月初飞到上海开始第一次的录制。

　　录制综艺节目对我来说不难，但这次的录制却考验了一次我的记忆力。为了达到最佳的舞台效果，节目组要求我把每一次录制的台词全部背下来，还要用不同的情绪去表达，然后跟着音乐一遍一遍地调整。节目组有彩排和录制两个环节，我每次参加录制都要在上海待四到五天，每次录制结束回到酒店已经是凌晨。

　　两次录制顺利完成后，正在我期待着开始第三次录制时，却接到了暂停录制的通知，因为疫情，节目组取消了录制计划，我只能等待，这一等就是两个多月。功夫不负有心人，在漫长的等待后，2022 年 6 月节目组重启录制计划，这场以音乐剧为主题的视听盛宴圆满落幕。

我很喜欢音乐剧，也想过如果有机会的话可以参与音乐剧的演出。每次引言的部分结束，我都会跑到返送的屏幕前去看舞台上的表演，看着那么多优秀的音乐剧演员站在舞台上，我真的能够感受到他们对于音乐剧的执着与热爱。

　　我很荣幸能够参与《爱乐之都》的录制，虽然没有站在舞台上参与一段音乐剧的表演，但是能够现场近距离感受到音乐剧的魅力，我已经心满意足。另外，我也很开心能够与非常厉害的制作团队合作，并且认识了很多优秀的音乐剧演员。如果以后有机会的话，在天时、地利、人和的情形下，再举办一场专属的个人线下活动，邀请音乐剧演员来现场一起聊聊天、唱唱歌，好像也是件非常不错的事情。

　　所以，如果可以的话，我希望能够实现这个小小的梦想。

　　音乐对于我来说更多的是起着解压的作用。没有工作的时候，我更多的时间是在家里看看喜欢的电影或者读一些喜欢的书，听听音乐来放松一下，偶尔也会约上三五个好友去KTV唱唱歌。

　　如今，因为广播剧，我站在台前唱歌的机会也逐渐多了起来，很多时候我都是翻唱一些广播剧主题曲的主役版。

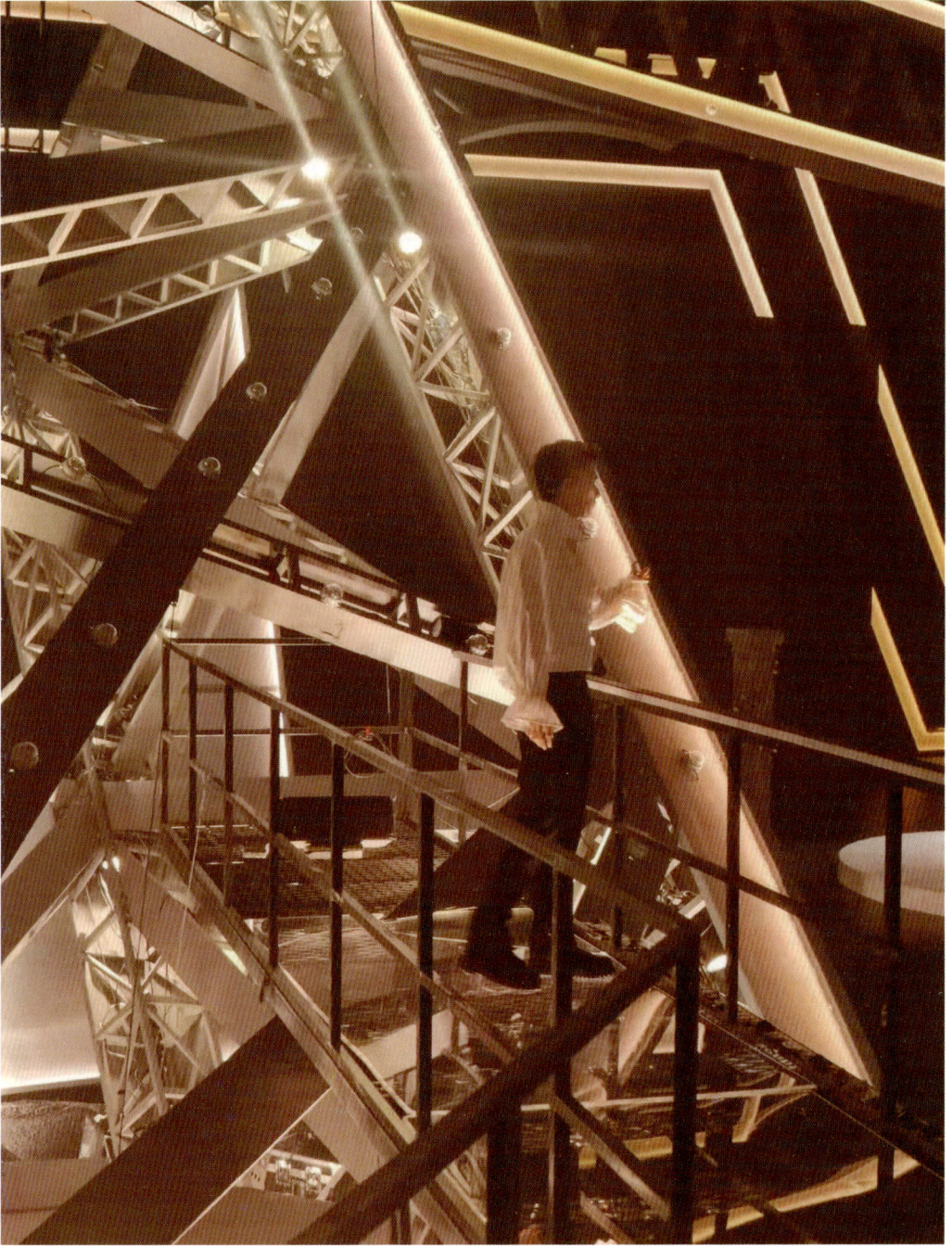

说到这里，我想解释一下之前发生的一件关于我没有翻唱广播剧主题曲的事情。当时我没有做出说明是觉得没有必要，后来看到大家对于这件事表示"意难平"，那我就借这个机会说一下。

　　首先，广播剧主题曲由主役演员来翻唱是在录制广播剧之前或者录制期间，制作方或者出品方与主役演员沟通且双方达成一致的情况下才会安排录制，基本上还是看剧组对于整个剧作从筹备到上线，再到宣传的整体规划，需要主役版歌曲的就会提前写在合作条款里。当然也会有特殊情况，比如剧作已经上线完结之后，剧组想出一个主役版，这也需要双方沟通，并且经过各方考量，比如歌曲是否符合主役的声线，Key 调是否适合，在双方都觉得这个版本可以操作的情况下才会选择录制，以确保成品的质量。其次，那段时间我确实时间不太充裕，除了参与广播剧的录制，还有影视剧配音的工作，所以当时就没有把录歌的工作放在日程表里。

　　我看到网上很多人都希望我能够去唱那首歌，挺感谢大家对我唱歌这件事的支持，但说实话，这对我来说确实挺难的，关键是我还不是专业歌手，声音也不是特别好听，也不适合所有曲风。如果以后遇到适合我的歌曲，我会尽量唱给大家听。

身份的焦虑

现在的我也被列入了公众人物一列，身边的工作人员也时时刻刻提醒我要注意言行。"不如意事常八九，可与语人无二三。"很多时候不是无话可说，而是一言难尽。

我们经常会问自己，在他人眼里，我是这样一个人吗？

现在人们的焦虑已经不仅仅体现在容貌、工作、生活上，也体现在身份上。当我们被界定在某一个身份范围里的时候，我们的内心深处便生出对于身份的焦虑。

我们在一生中会遇到形形色色的人，有些人会对我们很友好，有些人会对我们不友好。我们无法强求所有人都喜欢自己，也没办法改变他们看人的眼光，我们能做的只有改变自己，豁达大度地面对一切。

很多熟悉我的人都知道，我是个对于网络极其不敏感的人，对于网上的评论也很少关注。这些年从幕后走到台前的机会变得比较多，对微博的运用也逐渐多起来，我才渐渐开始关注网上对于我的一些评价。

说不在意那些评价有些违心，但是我又不能做什么，也不能表达自己的观点。有的时候看着网上的评论，我心里也很无奈，明明自己没做错事，为什么要去承受那些污言秽语？身边的朋友经常劝我，不要去看，不要在意，让我做到宠辱不惊。

喜也好，厌也好，都是人的情绪表达。不管从事什么工作，都会遇到不被理解或者不被认可的情况，这个问题任何人都难以避免，毕竟每个人看事情的角度不一样，不是所有人都是认知相同、价值观一致的。

我曾经看到过一组题目为《你永远无法满足所有人》的哲理性图片。一对夫妻骑在驴上往前走，路边的人看见了，就说："这两个人好狠心，都骑在驴上。"听了这话，妻子就下来，然后步行跟着骑驴的丈夫继续前行。没一会儿，路边又有人说："这么自私，不让老婆骑。"随即丈夫就下来，让妻子骑上驴，两人继续前行。这时又有人说："男人真蠢，光让老婆骑。"随后妻子也不骑驴了，和丈夫一起牵着驴往前走，而这个时候又有人说："这么没用，有驴都不骑。"

你看，不管怎么做都会有人用不同的眼光看待，他们在不了解真相的情况下，用自认为正确的思维来判断事情的正误。这则故事里，丈夫和妻子并没有做错什么，却引来了各种非议，他们应该也很无奈，原本自己可能只是骑驴回家而已，一路上却被人指指点点。

在现实生活中，类似这则故事的事情有很多。我们常说"眼见为实，耳听为虚"，我们也常说"不以恶小而为之，不以善小而不为"，这真的不应该只是说说而已。

高尔基说："走正直诚实的生活道路，必定会有一个问心无愧的归宿。"

工作与生活带来的压力势必会让人感到阴郁沉闷，当我们发现无法改变处境，也无法改变人生的时候，那就试着改变心境和人生观吧，积极面对阳光，就看不到黑暗。

《道德情操论》里说："我们在这个世界上辛苦劳作、来回奔波到底为了什么呢？所有这些贪婪和欲望，所有这些对财富、权力和名声的追求，其目的到底何在呢？"

不可否认，被关注、被追捧会给人带来很多利益，能够让人名利双收，但不管怎样我们都势必要认清一点，那就是无论你是什么身份，被界定在哪一个范围里，都要活得清醒，尤其是在面对光怪陆离的社会现象时，唯有拥有清醒的认知才能够让自己活得踏实、真实。

每个人在自己的一生中都会失误或者犯错，人无完人，没有任何一个人能够保证自己一辈子不会犯错，这些错误也许是工作中的，也许是生活中的。面对失误和错误，我们会懊恼和悔恨，但无妨，因为这才是真正的人生。

四十不惑

"世界弥漫着焦躁不安的气息，因为每一个人都急于从自己的枷锁中解放出来。"这是尼采《不合时宜的考察》中的一句话。

生活在这个时代的大多数人每天迎接着来自四面八方的压力。我从来不惧怕也不避讳谈论年龄，而且会主动跟身边的人说自己是个"老年人"。年龄增长是一个人出生后随着时光流逝而发生的不可抗拒的变化。每个人都会变老，要经历变老的过程，变老并不可怕，可怕的是不敢接受自己变老。

应璩《答韩文宪书》中说："足下之年，甫在不惑。"人一旦到了四十岁，遇事能明辨不疑。步入不惑之年之后，我的生活方式和思考方式逐渐发生了改变，年少时的朝气蓬勃如今已经变成中年人的成熟稳重，我会三思而后行。

年轻的时候，我脾气比较急，属于点火就着的那种，很容易因为某件事而生气，也很容易爆发。很多人第一次见到我时会觉得我很高冷，认为我有种不太好接近的感觉，其实这种情况只出现在我工作或者想事情的时候，我不喜欢在工作或者思考时被人打扰。

随着年龄增长，我也慢慢地学会看开。正所谓"天行健，君子以自强不息，地势坤，君子以厚德载物"，自强方能自立，对别人宽容一点，自己的前途也会更宽广。

我比较内向，不太善于交际或者表达自己的感情，但我又是个控制欲很强的人，只要是我认定的人或者事，就要控制在手里，不会轻易放手。所以我不喜欢半途而废，尤其是对自己想做的事情，比如配音，它是我从一开始就认定要做下去的事情，那我一定会做到首先让自己满意。

上有老下有小的年纪，事情变得很多，困难也层出不穷。尤其是年龄越来越大，能力越来越强，要承担的责任越来越多——对上一辈的责任、对儿女的责任、对事业团队的责任。

少年时向往成人的世界，因为看到的全是自由，以为可以根据自己的喜好无所顾忌地生活。但人到中年才恍然明白，原来小时候盼着进入的成人世界充满了沉甸甸的责任以及生活的压力与辛酸。

四十岁是个充满挑战的阶段，也是更要奋斗的阶段，而我经历了岁月的打磨，能够明白事物的本质与道理，学会了不被表象所迷惑，遇事多了几分考量，也多了几分笃定。

我们在生活上没有不同，每个人在家庭中都分饰很多个角色，每天在不同人设中来回转换，承受很多难以言表的压力，肩负很多必须要承担的责任。成年人的世界里没有容易二字，大家都是一样，一边在崩溃边缘拼得遍体鳞伤，一边还要忍痛咬牙前行。

我很少在外面或者网络上谈论我的家庭，前不久在微博上发了两个孩子的照片，还跟身边的工作人员开玩笑，说我终于如愿以偿地"秀"了回娃。

我自认为不算是一个严厉的父亲。因为工作很忙，所以我基本上很少参与管理他们的学习。不得不说现在的孩子真的很辛苦，每天忙着完成作业，周末也不能好好休息，还要继续学习各种课程。所以我只要一有时间就会陪他们，有的时候是陪他们运动，有的时候是带他们出去游玩或者看看展览。我觉得无论工作有多忙，孩子的成长一定不可以错过。

虽然我很少参与管理他们的学习，但是在其他方面我会约束他们，比如在做人做事上我会管得比较严格，让他们懂得该懂的道理，树立正确的价值观。

对于孩子的教育我其实没有太多的发言权，我能做的就是鼓励他们去做正确的事，勇敢面对自己的缺点，让他们在温馨快乐的家庭氛围中成长。现在的教育方式和我小时候接受的教育方式已经截然不同，现在的孩子心智成熟得较早，更需要父母的正确引导。在教育学领域中有一个很著名的理论——比马龙效应：你用什么样的眼光看待孩子，孩子便会成为什么样的人。管束孩子是要告诉他们行为标准，什么样的事情该做，什么样的事情不该做。此外，注重技能培养的同时，也不能忽略精神品质的培养。

人生是一场修行，注定要经历浮浮沉沉，体会过人生百态后才能领悟人生的意义。我们都是普通人，过着平凡的生活。人生何其短，不过是为了碎银几两和四菜一汤。少年意气风发，想要闯出一片属于自己的天地，谁知后来才明白"欲买桂花同载酒，终不似，少年游"的道理。

这些年我走过弯路也跨过沟壑，经历过人生的大风大浪，深知能够有一个快乐的人生是多么难得的一件事。

犹记得林语堂《人生不过如此》一书中写着这样一段话："在不违背天地之道的情况下，成为一个自由而快乐的人。这就好比一台戏，优秀的演员明知其假，但却能够比在现实生活中更真实、更自然、更快乐地表达自己，表现自己。人生亦复如此，我们最重要的不是去计较真与伪，得与失，名与利，贵与贱，富与贫，而是如何好好地快乐地度日，并从中发现生活的诗意。从某种程度上说，人生不完美是常态，而圆满则是非常态，就如同'月圆为少月缺为多'道理是一样的。如此理解世界和人生，那么我们就会很快变得通达起来，也逍遥自适多了，苦难与晦暗也会随风而去了。"

人生是什么？是杜甫诗中"人生在世间，聚散亦暂时"，是《后汉书·张霸传》中"人生一世，但当畏敬於人，若不善加己，直为受之"，是韩愈诗中"人生诚无几，事往悲岂奈"。

书中的人生是多种多样的，努力、坚持、一帆风顺、跌宕起伏……

附录 1

团队眼中的他

第一次见到希哥好像是在 2021 年 1 月，那是个非常偶然的机会。他平时是个雷厉风行的人，而且少言寡语，尤其是在有他不熟悉的人在场时，我们几乎听不到他的声音。虽然从表面上看他很高冷，也比较有距离感，但他实际上是个心思细腻的人，无论对待家人、朋友，还是对待工作上的合作伙伴，他总是在不经意间流露出关切。

由于现在参加的线下活动比较多，很多时候都是去外地，每次我们一起出差到达目的地，安顿好之后就会跟他说有什么事情随时告诉我们，但他总是自己默默地就把事情办了。

他的肠胃不是很好，所以出差的时候我们都会比较在意饮食，但是他总是很轻描淡写地说"没事"。即便是真的不舒服，他也会自己忍着，很少给别人添麻烦。在工作方面他也是如此，尤其是做配音导演，工作量非常大，而且要对接很多其他的事情，他都尽量自己完成。

团队里面流传着这样一句话："我们的老板是个少年，因为男人至死是少年。"他拥有少年的心态，一腔热血，满怀激情。他在好朋友和家人面前会毫无保留地袒露这种心态，因为他觉得这些人是他值得信任的，也是他喜欢的，所以他不需要遮遮掩掩。

他在生活中也是很显眼的人。有次我们接到了一个新项目的邀请，这是第一次和制作方合作，于是我们就约好时间在录音棚见面。那天我比他早到了几分钟，就站在录音棚门口等他，不一会儿就看到他的车停在距离录音棚很远的地方，他从车里下来，然后往录音棚走。当时是中午，录音棚所在的园区里有很多人。我站在录音棚门口，就能在人群中一眼看到他走过来——他在人群中的气场很强，一眼就能认出来。

他非常热爱配音，对于工作也很认真，每次与他聊起跟配音相关的工作，我都能够感受到他的那份热情。热爱可抵岁月漫长，每个人的生活和工作里都存在着或多或少的不如意，但无论面对的工作多难，他都会尽心尽力地去完成，他说这是工作，自己要对工作负责。

每次拿到新的剧本，他都会读剧本、做功课，琢磨人物该怎么呈现。尽管在录制过程中大家对于人物理解还是存在差异，但在经过讨论后都是朝着最好的那个方向努力。每次录制中，无论剧组的工作人员，还是配音导演、演员都非常努力，大家目标一致，力求呈现最好的作品。

团队成立之后，工作内容越来越多，接触到的人也越来越多，难免遇到让人生气的事情。他总是劝我们别生气，生气伤身。他说自己以前也经常生气，但是现在想开了，觉得很多事情没必要较真，只要不触及底线和原则，就没必要发脾气。闲暇的时候，我们会一起聊聊生活和工作，聊一聊近期的心态发生了什么变化。他看事情非常透彻，而且头脑清醒，对于很多事情都有着自己的一套思维逻辑。他从不说教，就像大哥哥一样跟你聊他的人生感悟和生活趣事，鼓励身边的年轻人要用一种什么样的态度来面对人生。

"耐心"这个词经常挂在他嘴边。尤其是谈到配音的时候，他就非常感慨现在学习配音和以前完全不一样了，如今学习配音的年轻人太幸福了，能够有那么多的机会学习和锻炼。他说年轻人学习配音一定要有耐心，不要被眼前短暂的利益所蒙蔽，要多为自己的未来考虑。包括在团队的项目推进上，他也总说要有耐心，要戒骄戒躁。他把自己曾经的经历、遇到的问题讲给我们听，然后传授一些经验给我们。

跟他相处久了，你会慢慢发现他有很多不一样的地方。有的时候我们开他的玩笑，说他逐渐开始放飞自我，跟刚认识的时候判若两人。他就会非常可爱地回复："你们会逐渐认识一个真实的我！"

团队成立到现在已经一年多了，在这一年多里，我们经历了很多事情，收获了很多支持，也看到了一些质疑。对于网络上的评论，他说以前会比较在意那些不太好的评价，但现在也无所谓了。确实，没有人能做到百分之百地被所有人喜欢，但是作为公众人物，一举一动都会被放大，这也导致很多人对他有了误解。有的时候看到那些对他本人进行抨击的评论，我们都会气得跳脚，但对于这些，他表现得很坦然，他常说："我能做的就是做好自己该做的，为喜欢我的人带来快乐。"

现在他的粉丝越来越多，很多时候他也想给粉丝们带来一些福利。他很高兴能得到这么多人的喜欢和支持，所以每次有活动的时候他都希望尽量满足大家的要求，即便有的时候出于各种原因不能满足，他也总是想着能够为大家带来一些不一样的东西，因此便有了2022年1月2日的新年专场个人见面会。

其实那场见面会是临时决定举行的。当时我们坐在一起开会讨论出席线下活动的相关事宜，希哥突然提出想为喜欢他的粉丝办一场专属的个人见面会，而且是免费的那种。说实话，当时他说免费

的时候，我们都心里一惊，因为举办一场活动，从场地到物料，大大小小的环节都需要资金支持，而此时团队刚刚成立不久，资金非常紧张，甚至可以用没有资金来形容，团队内部其实想要打消他这个念头，但他很坚持，表示以工作室的名义举行，但资金由他个人出，于是就有了这场见面会。

为了这场见面会，他付出了很多。从选定场地到准备活动内容，他几乎是亲力亲为。他说这是第一次和粉丝们近距离聊天，要尽量做到让大家满意，不能让来到现场的人有遗憾。

对于喜欢他的粉丝，他总是记挂在心里。每次参加线下活动前，他都会叮嘱我们不要让粉丝失望。特别是举行那场粉丝专属的个人见面会前，他只要见到我们，就会嘱咐大家在粉丝到现场后尽量早些让他们入场，天气冷，不要让粉丝在外面站太久。

除此之外，参加2022年6月的重庆见面会时他也坚持提前过去，他说自己是个不喜欢失望的人，所以也不想让别人失望。原本这场活动应该是在3月举行的，但当时主办方因为疫情把活动推迟到了6月。当所有人都认为6月参加活动一定没问题的时候，北京的疫情开始了。大约5月底的时候我们接到了主办方的电话，主办方说重庆的防疫政策要求北京过去的人隔离7天，问我们能不能提前过去，如果不能就要考虑再延期，还顺便问了一下我们10月的档期。收到这个消息后，我们就跟希哥商量该怎么办。如果提前去，那么现在大家手里的工作就要全部暂停；如果选择延期，后面也不一定能够腾出时间，就在我们纠结的时候，他在群里发了一条信息："我们提前过去吧。"然后我们急忙联系主办方，提前9天飞到了重庆，最后顺利完成了这场活动。

附录 2

答粉丝问

优载 uzi： 近几年来配音这项工作逐渐被大众所知晓，我国的配音演员也随之走到台前。我想问问希哥，以这样的发展趋势，我国的配音演员是否会像日本声优一样，越来越往声音偶像发展？如果配音演员总是暴露在大众视野里，是否会对角色"贴脸"产生影响呢？

答： 首先我觉得，会不会像日本那样，不是我能猜想到的；至于会不会向偶像发展，我觉得即使会，也可能是一个比较短暂的现象。因为配音演员也好，演员也好，最重要的还是表演，将来肯定是综合素质高、专业能力强的配音演员才会走得更远。
说到配音演员暴露在大众视野是否会对角色贴脸产生影响，至少我觉得作为一个成熟的配音演员，走在台前和配音是不冲突、不矛盾的。一个成熟的配音演员既可以走到台前表演，又可以很贴脸地配好角色。

脸脸： 想问问希哥在配音的时候有遇到过瓶颈期吗？未来在配音方面有什么发展规划呢？

答： 没有遇到过瓶颈期。个人的发展规划可能需要结合整个行业的发展来看，我更希望的是整个配音行业可以独树一帜，越来越好。

纸鸢： 请问希哥对自己以后的配音道路有具体规划吗？会更想要朝哪方面发展？更希望接到什么类型的作品？每配完一部作品、一个角色，你最大的感触是什么？

答： 我的规划还是以声音配音为基础，将来把配过的角色带到舞台上，用舞台剧的形式呈现给大家。至于作品的类型，我觉得都可以啊，只要不是重复地接同一种类型的作品就可以，我想尝试变化多一点的角色。

配完角色最大的感触就是有一种成就感吧，又体验了一次别人的人生（笑）。

程暖暖： 很喜欢郑希老师的声音，关注了老师各类作品，比如动漫和影视剧配音、广播剧配音、配音导演、演唱，尤其喜欢您在东方卫视《爱乐之都》节目中作为引言人的音乐剧朗诵。请问哪种表演形式是您最喜欢或者最擅长的？之后会在这个领域有更多的作品吗？作为"希铁石"，我非常期待！

答： 只要是跟声音有关的，我好像都挺喜欢的。如果一定要选出"更喜欢"，那应该是影视剧、广播剧和配音导演……引言人、读诗、影视剧配音、配音导演，这些是我比较擅长的。

小犬牙： 想问问希哥，在你心中完美的一天大概是什么样的呢？如果有任意门，此时此刻你最想去什么地方呢？

答： 只要生活在这个世界上，每一天都是完美的。如果有任意门，此时此刻最想去的地方是希腊的圣托里尼，度个假。

凯： 郑希老师，从单纯的配音演员这一"匠人"身份逐渐向"全能艺人"方向发展，比如从幕后走向台前，参演剧集、综艺等，让我们慢慢地了解您，对于未来您的规划是什么？未来有可能在舞台剧，或者话剧的舞台见到您的风采吗？

答： 舞台剧、话剧肯定会有的，这也是我最想做的事。因为广播剧只有声音没有画面，所以我一直想把配过的广播剧搬到舞台上，让大家看到："哇，原来这个角色的画面是这样的。"早晚的事，等着吧！

小脚踝： 想请问希哥怎么治愈自己生活中的不开心，怎么保证自己积极、阳光的生活态度呢？面对压力和不开心，有什么好的疏解方法可以分享吗？

答： 生活中的不开心光靠治愈是治愈不了的，因为人这一辈子都有起起伏伏，有开心的时候也有不开心的时候，它们是并存的。如果真的不开心，可以通过不伤害别人且自己喜欢的方式发泄、释放出来。但归根结底是与自己和解，放宽心去对待每一个人每一件事。

浅草肖肖： 声音有很多种类型，其中音乐是非常美好的表现形式。大家都知道郑希老师十分喜爱音乐，并且有着很高的品位，那音乐对于您的生活有着什么样的意义？对于配音工作，音乐的熏陶会产生哪些潜移默化的影响吗？

答： 音乐是我生活中很重要的一部分，确实会影响我的生活，包括情绪、情感。在配音工作中，音乐的熏陶对我有很大的帮助，特别是配一些感情戏的时候。我记得以前配影视剧都会提前贴音乐，虽然最终不一定是这个音乐，但这个音乐是贴合人物当时情感的。如果没有音乐，可能配出来，我自己就会觉得一般；如果有音乐，配出来情感戏也可能会更加丰富、生动。

啾 _ 慧呀： 希哥进入配音行业这么多年，有没有很烦很想换职业的时候？请问希哥是怎么克服困难继续前进的？可不可以给我这样迷茫、找不到路的小伙伴一些建议呢？

答： 肯定有很烦很想换职业的时候，但是后来一想，我连自己喜欢、擅长的职业都坚持不下去，换成其他的职业我岂不是更不行了吗？所以只能继续干自己喜欢的职业，再烦、再累也得坚持。

驰义： 想知道希哥在闲暇时间都会干一些什么事情呢？对于一些在现阶段感到迷茫的朋友，希哥有什么建议或者方法来改变这种状态？

答： 闲暇的时候会去郊外散散心、爬爬山、打打球。尤其是去郊外散心，可以看看风景，有山有水，心情豁然开朗。

白羽青炀： 有一次听录音花絮的时候听到希哥问了导演一句："行不行？不行就再来！"这句话让我印象特别深刻，所以想问问希哥，您在工作中是怎样磨砺出这样强大的内心和积极的心态的呢？还有其他会用来鼓舞自己或同伴的话吗？

答： 当我是演员的时候，坐在录音室外面的不管是前辈还是后辈，都要尊重他们，因为他们坐在那里，他们就是导演嘛。配完以后，自己觉得可以，导演未必觉得可以，肯定要征求导演的意见，得让导演觉得行了，那才是行了。
我更多的时候是被身边的同伴鼓舞。

以锡： 配音行业现在也在快速发展当中，面临着很多新的机遇和挑战，想问问郑希老师对于这个行业未来的发展有什么期待呀？

答： 希望配音行业能够独树一帜，有它独特的魅力。严格来说配音行业属于比较附属的行业，基本上都是服务于成熟的作品，进行二度创作。但是对于配音演员来说，广播剧属于一度创作，是去用声音演绎、创造一个角色。总之不管是一度也好，二度也好，配音这件事值得我们认真对待。

Cain.D： 请问希哥在配音中是如何进入角色和体验生活的？您和"希铁石"之间有没有什么让您印象深刻的事情？最近工作室签约了一些不同题

材的广播剧，希哥自己也尝试了读书会，请问希哥个人和工作室的
下一步的规划是什么，希哥个人考虑拓展舞台表演或者影视演出吗？

答： 我其实是通过大量的积累，在我进入角色的时候，我的脑海里面会
呈现出一位演员或者角色，也可能是生活中接触过的人，然后把他
代入进去，这是最好的方式之一，也就是斯坦尼斯拉夫斯基说的"体
验派"。

我和"希铁石"之间有很多印象深刻的事情，每一次与"希铁石"
见面印象都挺深刻的，每次的小互动都让我非常地开心。

我和工作室未来想把广播剧里的角色放在舞台上表演。

桃子： 希哥，配音行业的入门门槛是怎样的，是注重音色好听，还是更注
重演技呢？希哥是在什么契机下进入这个行业并热爱至今呢？还有
个私人想知道的问题，希哥在参与群杂配音时，有没有因为自己声
音太好听、盖过主角而感到困扰？

答： 配音的入门门槛，我没有办法给到一个标准。我觉得你如果具备这
方面的能力，而且很热爱配音是可以尝试的。目前来说配音行业是
宽进严出，进到这个行业很容易，但是真正想把它配好，想出来确
实也挺难的。

配音行业肯定是更注重表演。其实对于表演来说，广播剧、有声剧的
表演和影视剧是不一样的，配音演员要把它们区分开。比如拧瓶子
动作，在影视剧中是不需要给气息的，画面可以呈现出来，但在广
播剧中就需要给气息，不然听众不知道你在干什么。类似这种细节
的处理还有很多，人物情感、情绪的处理，都需要自己去钻研和琢磨。

关于录群杂时，自己声音好听、盖过主角的困扰——我的声音不好听，
配了那么多影视剧，我的声音从来不是好听那一类的，而是属于比
较糙的。

哈士奇： 作为配音导演去指导别人配音，和作为广播剧配音演员的时候，身份角色心态主要的区别在哪里呢？作为配音演员的时候会有想要跟对方（配导）争执或者意见不合的时候吗，一般怎么处理？年轻时跟现在的想法、做法有大的改变吗？

答： 相比起配音演员，配音导演会累一些，因为需要做的功课会很多，另外有很多事情需要去协调沟通，需要掌控大局，需要承担的东西更多。做配音演员的时候，就很纯粹了，只需要把角色演绎好就可以了。
作为配音演员肯定会有和导演或者制作方意见不一样的时候，但我很少去争执，对于同一个角色每个人的想法不一样，我更多的是尊重制作方或者导演的意见，给对方想要的表演方式。